Los primeros viajes escolares
El zoológico

por Rebecca Pettiford

Bullfrog Books

Ideas para padres y maestros

Bullfrog Books permite a los niños practicar la lectura de texto informacional desde el nivel principiante. Repeticiones, palabras conocidas y descripciones en las imágenes ayudan a los lectores principiantes.

Antes de leer

- Hablen acerca de las fotografías. ¿Qué representan para ellos?
- Consulten juntos el glosario de fotografías. Lean las palabras y hablen de ellas.

Lean en libro

- "Caminen" a través del libro y observen las fotografías. Deje que el niño haga preguntas. Señale las descripciones en las imágenes.
- Lea el libro al niño, o deje que él o ella lo lea independientemente.

Después de leer

- Inspire a que el niño piense más. Pregunte: ¿Alguna vez has ido al zoológico? ¿Cual fue tu animal favorito?

Bullfrog Books are published by Jump!
5357 Penn Avenue South
Minneapolis, MN 55419
www.jumplibrary.com

Copyright © 2016 Jump! International copyright reserved in all countries. No part of this book may be reproduced in any form without written permission from the publisher.

Library of Congress Cataloging-in-Publication Data

Names: Pettiford, Rebecca, author.
Title: El zoológico / por Rebecca Pettiford.
Other titles: Zoo. Spanish
Description: Minneapolis, MN: Jump!, Inc. [2016]
Series: Los primeros viajes escolares | Audience: Ages 5–8. | Audience: K to grade 3. | Includes index.
Identifiers: LCCN 2015045034
ISBN 9781620313336 (hardcover: alk. paper)
ISBN 9781620316238 (paperback)
ISBN 9781624963933 (ebook)
Subjects: LCSH: Zoos—Juvenile literature.
Zoo animals—Juvenile literature.
School field trips—Juvenile literature.
Classification: LCC QL76.P4518 2016
DDC 590.73—dc23
LC record available at http://lccn.loc.gov/2015045034

Editor: Jenny Fretland VanVoorst
Series Designer: Ellen Huber
Book Designer: Lindaanne Donohoe
Photo Researcher: Lindaanne Donohoe
Translator: RAM Translations

Photo Credits: All photos by Shutterstock except: Dreamstime, cover; iStock, 4; SuperStock, 6–7.

Printed in the United States of America at Corporate Graphics in North Mankato, Minnesota.

Tabla de contenido

Un día en el zoológico	4
Animales en el zoológico	22
Glosario con fotografías	23
Índice	24
Para aprender más	24

Un día en el zoológico

Nuestra clase salió en un paseo escolar.

Estamos en el zoológico.

Nick es empleado del zoológico.

El cuida a los animales.

¡Mira! ¡Es un elefante! El animal terrestre más grande.

Nick nos deja alimentar a la jirafa.

Es alta.

Tiene el cuello largo.

¡Grrr! Es un león.
Tiene los dientes filosos.
Los leones viven en África.

Vamos a la casa de los reptiles.

Tocamos una serpiente.

Kay toca a un cocodrilo.
Es delgado y áspero.

Vamos al aviario.

Las aves vuelan y cantan.

A Nina le gustan
los loros.

Vamos a un espectáculo.
Las focas hacen trucos.
Les dan pescados.

¡Nos divertimos en el zoológico!

Animales en el zoológico

elefante

loro

jirafa

león

Glosario con fotografías

África
Es uno de los continente mas grandes en el planeta.

empleado del zoológico
Persona que cuida a los animales del zoológico.

aviario
Edificio o jaula de gran tamaño en donde viven las aves.

reptil
Animal de sangre fría como las serpientes o cocodrilos.

Índice

África 13
aves 16
aviario 16
cocodrilo 15
elefante 8
empleado del zoológico 7
espectáculo 19
focas 19
jirafa 10
león 13
loro 16
serpiente 14

Para aprender más

Aprender más es tan fácil como 1, 2, 3.

1) Visite www.factsurfer.com

2) Escriba "elzoológico" en la caja de búsqueda.

3) Haga clic en el botón "Surf" para obtener una lista de sitios web.

Con factsurfer.com, más informacion esta a solo un clic de distancia.